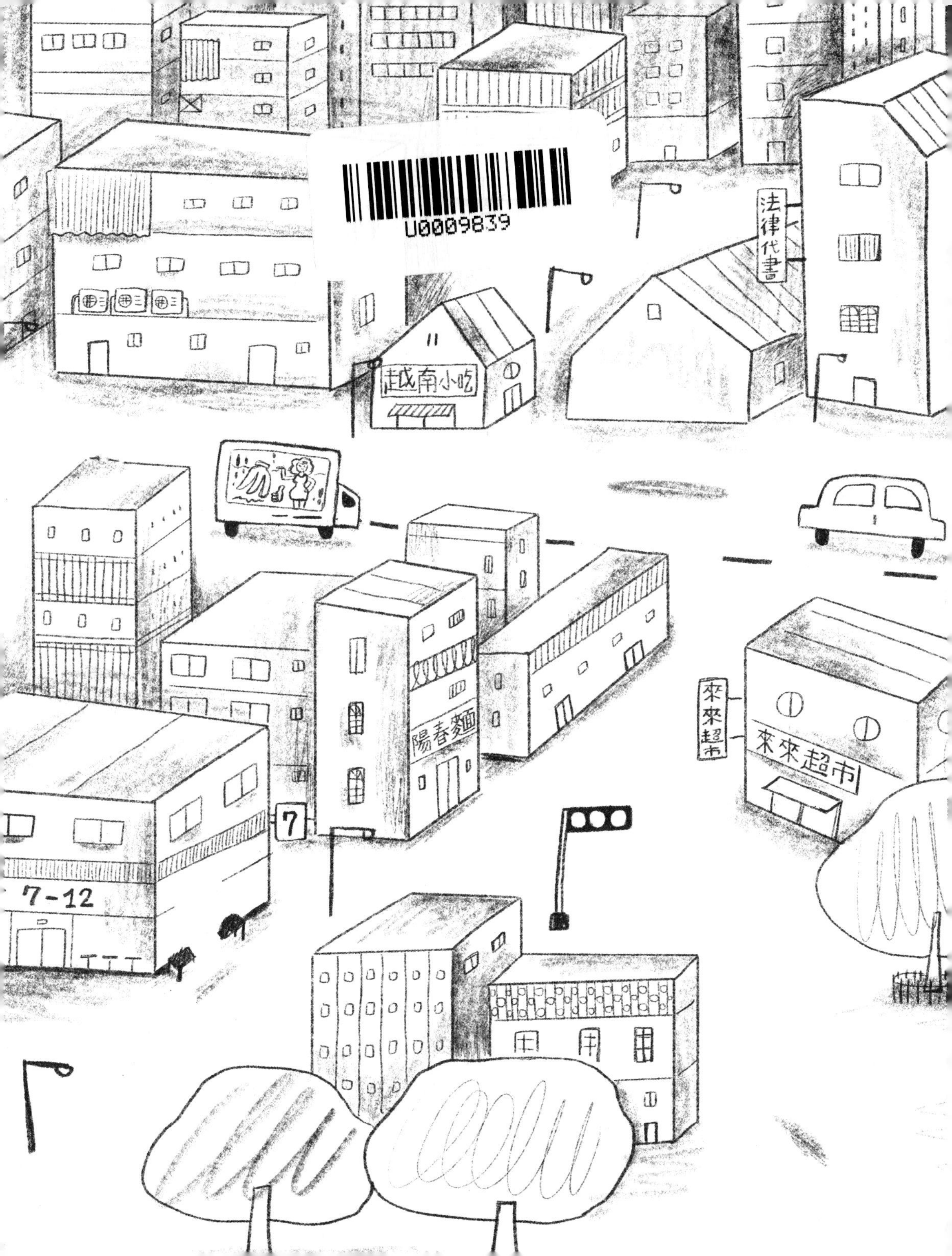
法律代書
越南小吃
陽春麵
來來超市
來來超市
7
7-12

來旺喜
美味便當
日式拉麵
大大文具
五金雜貨
生活五金
順

什麼都沒有雜貨店 1

暗夜奇遇

王宇清 文
林廉恩 圖

目次

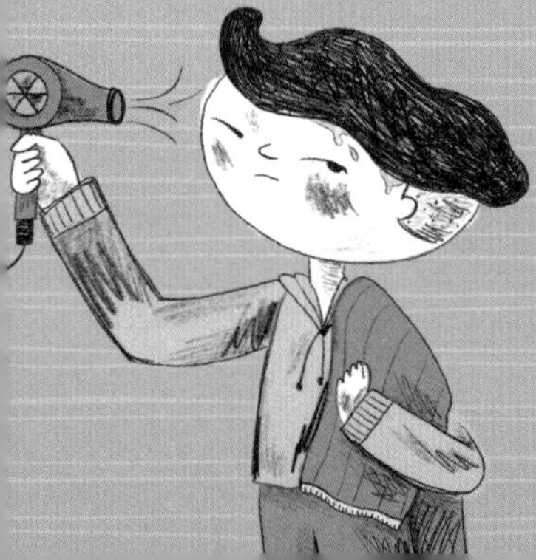

引人入勝又充滿愛的故事

Tey Cheng/「小學生都看什麼書」臉書社團版主

這個故事溫暖細膩，從小朋友的視角來看「大家互相」的台式復古人際互動。

因為似懂非懂的家庭因素而搬家的小男生，剛開始對一切都充滿戒心，到新學校上學半年了都還交不到朋友，他不懂付出，也不懂接受，在看似堅強獨立的寂寞中生活。後來很幸運遇見了雜貨店老闆阿公，慢慢被他的無私溫暖給融化，看著主角學會接受別人的好意，進而嘗試去付出真心，覺得能在愛裡面長大的孩子心會更強韌。

我一直很喜歡作者王宇清說故事的方式，從開頭的第一頁就吊著人的胃口一路看下去，每一個情節轉折都讓人心酸酸又心暖暖，很適合唸小學的孩子，他們會在故事裡面讀到自己，讀到爸媽沒察覺到、自己也說不清的細膩情緒，我十分推薦唷！

為孩子端上一本什麼都有的溫暖創作

小木馬總編輯 陳怡璇

王宇清老師的童話故事，總是充滿奇想以及孩子般純粹的好奇與幽默。《什麼都沒有雜貨店》仍然是這樣一本令人一翻開就停不下來的故事，然而在這個故事裡，作者為孩子呈現了更多人與人之間交流的溫暖、對真實世界存在的各式寂寞處境投以深深的關懷，是極少數能帶領孩子將眼光看向我們生活周遭的珍貴作品，小木馬非常榮幸能參與其中，將這個充滿童趣和滿滿關懷的故事帶到孩子面前。

有聲音、有味道的神奇故事

繼《荒島食驗家》創造一邊看故事一邊流口水的閱讀體驗後，《什麼都沒有雜貨店》裡，食物和料理同樣扮演重要的角色，在這個故事裡，什麼都有的超商有各式方便的飲食，是現代人填飽肚子十分依賴的場所；而看似什麼都沒有的雜貨店，則是以一道道手作料理，填飽了主角們的肚子，也溫暖了他們的心。每當食物出現，總伴隨著不同的心境與主角們情緒的轉折，讀起來真是一邊品嚐著味道、一邊品味著心境與心意，非常過癮；另一方面，這也是一個「有聲音」的故事，故事裡的靈魂人物阿旺阿公，是生活在這塊土地上我們絕不陌生，操著「台灣國語」的長者，作者在描繪人物間的對話時，台灣國語總冷不防的出現，讓人莞爾又彷彿真實聽見這長輩的溫暖叮嚀，非常有趣。故事裡在呈現這些語句時用的是可類比台灣國語發音的國字，而非教科書裡教導的閩南語用字，編輯部和作者討論後決定保留這個用法，閱讀起來也更為流暢直接。

進入真實世界裡的奇幻歷險

對現代的小朋友來說，什麼都沒有雜貨店就是一個奇幻的場所，跟主角小傑初次遇見一樣，充滿好奇與想像。但每個人都可以在當中找到有點陌生又有點熟悉的人物、場景和情感。打開這個故事，閱讀、品嘗、聆聽什麼都沒有雜貨店，跟著主角小傑一起進入這個奇幻之旅吧！

美味便當
日式拉麵
大大文具
五金雜貨
生活五金

法律代書
越南小吃
陽春麵
來來超市
來來超市
7
7-12

食人雜貨店

今天是放暑假前最後一天上學的日子，真是太令我開心了。

這半年來，我的生活可以用「戲劇化」來形容。搬到外縣市住進一間很舊的「新家」、轉學到新學校……真是「萬象更新」。新家、新學校、新班級，我沒有一個適應的，好不容易才熬到暑假，同學們對我這個轉學生似乎也沒太多好感；管他的，我才不在乎別人怎麼看我。

我媽也開始了新生活，忙著做直銷生意，每天都在拜訪客戶，參加一場又一場的激勵講座。

數學
05
2
9 1 8

財富自由

「媽媽要努力賺錢，以後讓你可以出國去念書。」

「男孩子要獨立一點，以後才能夠獨當一面！」媽媽每天都會拿一張五百元的鈔票給我「自理三餐」，說這是在訓練我。

我媽以前管我很嚴，現在，她忙著「直銷事業」（天知道那是什麼），我多了很多時間可以「獨當一面」，真的太棒了！

由於沒有什麼朋友，加上花在超商的時間很多，我無意間培養了在超商買漫畫和小說來看的習慣，尤其著迷恐怖故事。

喔，老天，不知道算是膽小還是大膽，我對恐怖故事就是又怕又愛，無法自拔。不知不覺中，我的床頭上，已經砌成了一面恐怖故事牆了。

今天放學後，我依照慣例，到超商買了一個便當，配上一杯可樂。媽媽很晚才會回家，我打算慢慢享受這個美好的下午。不急不急，我吃完便當，然後趴下來睡了個覺。超商的冷氣真涼快，加上心情輕鬆愉快，我一下子就睡著了。

醒來之後，我在雜誌書籍商品架上尋找「精神食糧」。東瞄瞄，西看看，一本看起來肯定超好看、超可怕的恐怖故事書吸引了我的目光——《食人雜貨店》，不僅是「超值特厚精裝本」，封面還註明「膽小者勿看！保證嚇破膽」，簡直極品呀！

我從沒去過「雜貨店」，只知道那裡賣很多東西，像是爸爸小時候的「7-11」。印象中，雜貨店看起來都是老老舊舊的，並不常見。偶爾路過，總覺得店裡暗暗的，有點像是去爬山時，突然出現在路邊的小廟一樣，有點神祕、甚至陰森恐怖的感覺。

這本書光是封面就嚇人到了極點——黑色的夜霧裡，一家陰森森，點著燈籠的老店，在等人上門。書名還是用血紅色的大字寫成。

「媽呀，我會不會直接被嚇死？」結帳的時候，我的心噗噗跳著。

時間還早，我在便利商店一面吃下午茶，一面「享用」《食人雜貨店》，看著看著，便全然入迷了。果真不是普通等級的恐怖，我連腳底都起雞皮疙瘩了。我看書的速度慢，而且很專心，喜歡一個字一個字讀，把自己浸泡在故事的世界裡。

「……走進店裡的小明，此時全然不知，偽裝成人類的雜貨店老闆，正等待落單的小孩，等著把他……」

「哎喲！我的媽呀！」我嚇得慌亂闔上書。

真是太可怕了。我稍微定下心，吸了一口可樂……可樂怎麼還這麼冰？不是已經放很久了嗎？我打了個寒顫，又忍不住翻開書，繼續往下看。

這一看不得了，我完全忘了時間；聽見外頭垃圾車的音樂時，才猛然發現，竟然已經傍晚了，真不想停下。

我買了一盒咖哩飯和一瓶紅茶，準備回家。還好夏天太陽比較勤勞，天色還算亮，我邊走邊看書，好想趕快知道結局。

直到光線太過昏暗，眼睛有些發疼時，我才不甘願的闔上書本。

「咦？這裡是哪裡？」我竟然迷路了！平常習慣鑽巷子抄近路回家，今天卻不知道在哪裡轉錯了彎。

我正站在一條小巷轉角，巷子裡冷冷清清的，沒有半點人影。左看右看，才認出這裡，離家不算太遠，我偶爾會經過。

「真誇張，怎麼會走到這裡來。」我喃喃發著牢騷。

一塊不起眼的老招牌，引起了我的注意——

「喜旺來？」

「這是什麼店啊？」

在我的記憶中，並沒有這麼一家商店。

——它一直在這裡嗎？可是看起來很老舊，肯定不是新開的。

我不知著了什麼魔，好奇的探頭探腦，想看清楚店裡到底什麼模樣。

只見屋子裡昏暗暗的，看不出個所以然來。

招牌上的三個大字，仍在我腦中不斷排列組合，彷彿難解的密碼。

「啊！」我心頭一驚，恍然大悟，這裡，正是一家——雜・貨・店！

當我意會過來時，斑駁的紅字，變成鮮血一般的色澤，就像書的封面一樣！

「哇，好可怕！」我連退了幾步。

啪沙啪沙……

啪沙啪沙……

那是什麼聲音？前方彷彿一團黑色棉花糾結的空間裡，突然窸窣作響。

我兩眼睜得老大，直直望進那一汪黑暗裡。

「怪物咧開密佈尖牙的血盆大口，朝小明步步逼近，一步、兩步……」

啪沙啪沙……

啪沙啪沙……

嗚——我的胃一陣緊縮。

黑暗的最深處，浮現一隻發亮的眼睛，妖異的目光籠住了我！

那是什麼生物？怎麼只有一隻眼睛？那……是生物嗎？我咕嘟吞了一口像是石頭般的口水，不敢再往下想。那隻眼睛，就這樣冷冷的盯著我，把我的腳給凍結了。

不知過了多久，那隻眼睛稍稍向我移動了一下。「哇！」我的雙腳驚醒過來，帶著我掉頭狂奔！跑呀跑，跑呀跑，直到快到家了，我才發現另一件不妙的事——

《食人雜貨店》弄丟了！

完了！一定是掉在剛才那家店附近了。

「沒事，沒事，現在還不算晚，不會有鬼的！」我試著讓自己冷靜下來。

「哎唷，我在說什麼，根本就沒有鬼啊，鬼故事都只是故事。」

「應該趕快回去把書撿回來啊，等天全黑了，不就沒救了？」

我又喃喃自語了，當我害怕的時候，就會這樣。

幾經思量，我決定折返。

快到店門口的時候，傍晚的路燈正好亮了起來。

路燈雖然亮了，卻一閃一閃的，比不亮更糟。

幸好，書果真躺在地上，跟著路燈一閃一閃。

正當我稍微鬆了一口氣，準備走向前時，一道黑影從雜貨店裡衝了出來，瞬間叼起了我的書，立刻又衝回店裡。

事情實在發生得太過突然，但方才眼前的景象，卻足以讓我動彈不得。

——藉著微弱的燈光，我看見剛才衝出來的那個東西，身上的毛竟是詭異的綠色！

綠色的，毛？那是什麼？

我啟動腦袋裡的生物資料庫快速檢索。

——哪有綠色會發光的動物啊？況且還只有一隻眼睛！

——肯定不是地球的動物！

——那……那不就是……

我腦海中浮現恐怖故事中外星人入侵的情節，生物被外星人附身，產生了變異，四處殺人、吃人……。

一股哆嗦從尾椎骨末梢急速湧上，我嚇得往後退了幾步，接著轉身頭也不回跑回家。

晚上睡覺的時候，媽媽還沒下班。搬到新家以來，我從沒像今晚這麼想要媽媽在家。

來旺喜
酒菸
汽星七
7
塩

整個晚上，只要閉上眼，我就會立刻被困在那家雜貨店前，全身動彈不得。而那蟄伏在黑暗深處、邪惡獨眼的主人，張開密佈無數尖牙的血盆大口，一瞬間把我咬成兩半。

雜貨店・喜旺來

我反省了很久，看了這麼多恐怖故事，從來沒有真的見鬼，或者是遇見其他可怕的妖怪呀？不要自己嚇自己。

儘管如此，一旦有了恐怖的經驗，就像小時候吃魚曾被魚刺鯁住，往後很難克服心理障礙。我怕死了，但還是想「吃魚」。

趁著白天，我決定再回去雜貨店。騎腳踏車去吧——以便苗頭不對的時候可以火速開溜！

奇妙的是，昨天明明跑了很久才從雜貨店逃回家，今天似乎沒花多少時間就到了。

這裡是附近的一個老社區，平時就很冷清。附近的小孩子大多都不會來這裡玩。

我把車子停在離雜貨店一段距離外，觀察情況。

雜貨店的門是闔上的，看起來沒有營業的跡象。

莫非……我腦海裡又出現恐怖故事裡面，白天正常營運，晚上吃人魔現身的雜貨店。

從遠處觀望，位在轉角的這家「喜旺來」，就是一間再普通不過的矮舊二層樓房。

「沒錯！這只是一間普通的房子。那……昨天那隻怪物又該怎麼解釋？」我才稍微放下的心，一下子又被這個突如其來的念頭給提了起來。

當我兀自胡思亂想的時候，「喜旺來」的店門不知何時竟打開了。

這也太過無聲無息了吧！

我縮著身子、瞇著眼睛，想看清楚門內的景象，大白天裡的雜貨店，店內卻仍是暗不透光，誰會想進去這樣的店啊！

不！我可沒忘記，今天來的主要目標，是要把《食人雜貨店》拿回來。

我深吸了一口氣，拔除所有雜念，牽著車子走到門廊前。

老房子依舊不發一語的站在那裡，世界寂靜無聲，只剩下我吞口水的聲音。

我注意到，這間雜貨店有著木製窗框，雖然有年紀，卻散發烏亮的色澤。

太陽光線稍微移動了一下位置，門邊，介於粉紅色、紅色與紫色的各式招牌突然躍進我的眼睛；不只如此，柱子上、牆壁上也有各式各樣顏色的紙條，上面寫著黑色的毛筆字。

老房子渾身散發著一股神祕詭異的氣氛——又讓我再次想起以前爬山時，經過的那些無名小廟。

這時候，有人騎著摩托車經過，是一位大嬸，經過我身邊的時候，不斷回頭，帶著滿臉的微笑。想想自己縮頭縮腦的模樣，看起來一定活像個小偷。

不知為什麼，大嬸的笑容讓我再次緊張害怕起來。我明明像個小偷，她卻仍友善微笑，是不是想要讓我誤入圈套，引誘我進入雜貨店？

轟隆！一聲悶雷響起，接著不到零點零五秒的時間，「嘩！」的一聲，大雨傾盆而下，門廊外的世界，被沖刷成一片模糊的灰，我被困在屋簷下了。

這下可好了。

這大雨，彷彿故意要把我逼進這家雜貨店，實在太邪門了。

店裡面的視線不佳，我瞇著眼睛，但光線太暗，看不清楚。

聽見自己的心臟正猛烈的跳動聲，情緒中混合著恐懼和莫名的興奮，彷彿自己正要勇闖鬼屋一樣。

像黑色霧靄一樣的屋內，一個白色的身影突然飄動。

我發誓感覺到自己的瞳孔放大，身體硬化。那是誰？或者該問——那是「什麼」？

「你要買什麼！」黑暗中，一個蒼老卻有力的嗓音突然響起，嚇得我連忙後退。

「啊……我……」出乎我的意料，裡面竟然有人。「啊……我……」

「你要買什麼？」那個聲音又問了一次。

「啊……我……」我意識到自己一直結巴。我的眼睛這時已經比較能適應黑暗了。

「我要買……喜樂水果軟糖。」那是我最常在超商買的日本進口軟糖，用純正的新鮮果汁製成，一口咬下非常多汁。我不經思索的脫口而出。

「蝦密①？喜樂水狗軟糖？某揑②。」仔細一看，原來是個穿著白色汗衫的老伯。

啪答啪答，他慢慢向我走來。

「還有沒有要買其他的？」

我緊張了起來。心裡吶喊著：「天啊，如果我沒買東西，會不會被抓走啊？」

「啊啊……我要買……《特攻寶貝》遊戲點數卡。」我一緊張，便胡亂回答。

「那個也沒有賣喔。」

糟了，怎麼會什麼都沒有賣啊，那到底有賣什麼？

老伯一步步逼近，我越來越緊張，卻想不出來要買什麼好。

我想轉身離開，卻又不敢……。

①台語「什麼」的意思。 ②台語「沒有」的意思。

這時候，老伯背後陰暗店內的深處，閃著綠色螢光的妖怪出現了！

「它」緩緩的爬行著，像是一條巨大的毛毛蟲……

「啊……啊！」

「你怎麼了？」

牠對著我爬過來了！老伯身後的綠色怪物爬過來了！

我向後退了兩步，拔腿而逃，連自己的腳踏車都忘記了。

哇呀哇呀！真的有怪物！

哇哇呀呀！怪物追上來了！

我跑了好一段路，直到確定身後沒東西追上，才停下肌肉差點爆裂的腿。

「孩子！」

一個身影撐著傘牽著腳踏車，擋在我的面前。

「你沒素吧？」竟是剛才的老伯。

驚魂未定的我，喘著大氣，看著老伯，一句話也說不出來。

我全身都淋溼了，老伯正用傘幫我擋住雨。

「你剛剛被我家的狗嚇到了，真失禮。」

「什麼？」我的腦筋有些轉不過來。「狗？」

狗？莫非剛剛的外星怪物是狗？

是一條狗。

這下子糗大了。

「可是……綠色……那個……」

「綠色的那個素夜光漆啦。不知道素誰噴的，夭壽骨③。」

「夜光漆？」我又重複了一次。我仔細想了想，外星怪物身上的綠光，的確像是演唱會在用的螢光棒顏色。

「那隻狗其實也不素我的，素被我撿到的流浪狗。」

「來，你自己來看，不會咬你啦。免驚④。」老伯向我招手。

眼前的老伯，看起來就像個再平凡不過的爺爺，我似乎沒有理由拒絕。

「來吧！看你全身都淋溼了，來我店裡坐一下吧。」

「不……不用了。」

「來啦！衣服都溼了，還素趕快擦乾，吹一下頭髮。」老伯

③此處是阿公對做壞事的人的咒罵。

④台語「別害怕」的意思。

說。

「我剛剛才想到，你素不素昨天把酥掉在我店門口，想要拿回去，好像素食人什麼的？」

「啊……」

天啊，真是糗斃了。

阿樂和小福

阿伯帶著狼狽的我回到雜貨店裡，我真是難堪極了。

雖然知道那只是一條狗，但踏進門口前，我還是警覺的向裡面張望了一下。

「小福！」老伯對著裡面叫了幾聲，沒有出現綠色的身影。

「牠剛剛也被嚇了一跳，應該躲起來了。免驚，進來吧！」

「哇哈哈！就是你！」一走進店裡，一個看起來年紀跟我差不多，皮膚黝黑的小男生對著我大笑。「被嚇得落荒而逃！有夠誇張的！」

我瞬間脹紅的臉，一定把臉上雨水蒸發成水蒸氣了。可惡，沒想到雜貨店裡竟然有其他小孩。

「笑……笑屁啊！」我不敢罵出聲，畢竟是人家的地盤。

「喔……走進店裡的小明，此時全然不知，偽裝成人類的雜貨店老闆，這個可怕的惡魔，正等待落單的小朋友，等著把他……矮油，好恐怖喔！」

那個傢伙故意用一種很諷刺的語調念著，而他手上拿著的，不正是我的《食人雜貨店》嗎？

「你別理他。」老伯出聲斥責。「阿樂啊！你有點口德，怎麼隨便笑人家！沒禮貌。快把酥還人家！我去拿毛巾和吹風機。小福呢？躲起來了嗎？」

「對啦，躲在櫃子下面。

嘖！喏！」男孩似乎不敢違背老伯的話，不情願的將《食人雜貨店》遞過來。

「其實滿好看的啦，真的很恐怖。」他是趁機酸我嗎？

「哼！」我一把搶過來。發現書有些破損，上面還有像牙齒的咬痕。

「不好意思，被我家的狗咬破了，來不及救，沒有很嚴重啦，我賠你一本。」老伯很抱歉的說。

「沒關係的，不用了。」這種書，老實說看一次就不看了，可以看就好，沒那麼嚴重。更何況，經過這一連串烏龍事件，我現在已經沒有再看下去的興致了。

接下來一段時間，我們兩個都沒說話。男孩似乎覺得跟我沒什麼好聊的，索性扭開電視來看。我從沒見過那麼小的電視，螢幕還是有「弧度」的，感覺是相當有年分的古董電視。

哼，這個沒水準的傢伙，竟然在看灑狗血的鄉土劇，遜！

「來！先用這個裹住身體，然後把頭髮吹乾。」老伯從屋內拿出一條大毛巾和吹風機給我。

「謝謝……。」

我用毛巾把身上的水大致吸了吸，毛巾可能許久沒用了，有一股悶悶的味道。我接著用吹風機開始吹起頭髮。

「阿樂，好好招呼客人，不要光顧著看電視。我進去整理一

下東西。」老伯說完，就到後頭去了。

「喔！」那男生眼睛盯著電視，隨便應付了一聲。

我一邊吹頭髮，一面注意著店裡面的環境。

不算大的空間裡，擺放了各種高高低低的木櫃，還有一些玻璃櫃，裡面陳列了一些商品。

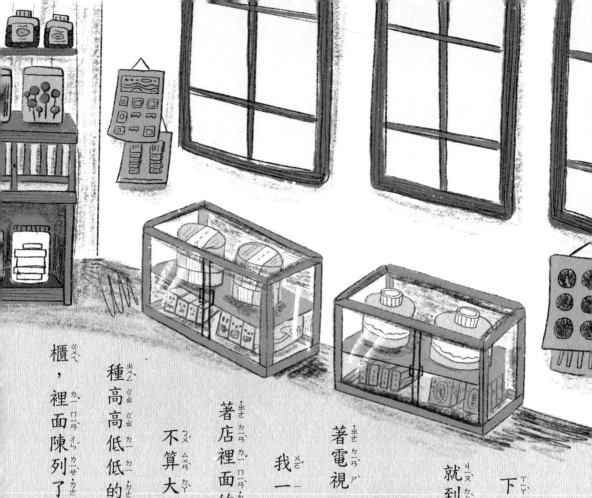

黑松

「你在瞄什麼啊？」正當我想仔細瞧瞧時，那男生沒好氣的問。

「沒有啊，就隨便看看。」神氣什麼啊？這裡沒有像便利超商或者超市裡面的開架式商品陳列櫃，也沒有冰箱，更別提有什麼熟食、熱食了，角落架子上的雜誌，都已經發黃了，還用塑膠布蓋起來防灰塵。問題是，根本就沒人會買吧！

我注意到，原來店裡面其實是亮著燈的，但只有一管微弱的日光燈，大白天裡，裡面也仍是陰暗暗的。

我想起以前爸爸帶我去過的「古早味餐廳」，裡面擺設了各種五顏六色、有點俗氣的童玩、海報什麼的做裝飾，說是以前雜貨店裡面會賣的東西，可是這家店，根本就沒有那些東西呀？真是太無趣了。我把吹風機的電線收好、毛巾疊整齊，一起放在男孩面前的桌子上。

關上吹風機，我才注意到空氣裡有股複雜的氣味，悶悶的、古老的氣味。或許是陳年的木頭櫃子受潮，或者是屋子沒有空調的關係。正當我皺著鼻子，準備離開時，突然感覺到腳踝有種黏膩搔癢的感覺，低頭一看，那隻綠色毛茸茸的狗，正伸出長長的舌頭，舔我！

「哎唷！」我嚇了一大跳。牠是從哪裡冒出來的？我竟沒發現，大概是從我身後的某個櫃子下面竄出來的吧。毛髮上雖然沾染著綠色的油漆，但現在這條小狗，看起來嬌小可愛；我先前怎麼會把牠看得那麼可怕呢？一定是看太多恐怖故事的後遺症。

「小福！」男孩放下蹺在桌上的腳，開心得衝到我旁邊，抱起小狗。

「小福！你出來了喔！你又嚇到人了，哈哈。」

哈什麼哈？

「你和爺爺的狗蠻可愛的。」我本來就超喜歡狗的，但是家裡住大樓，媽媽有潔癖又怕麻煩，所以從來沒養過。我還偷偷立下志向，要當獸醫呢！

「牠是我和阿旺阿公一起養的。可是他不是我阿公。」男生抬起頭。「呃，我的意思是說，阿旺爺爺就像我的親生阿公一樣，不，比親阿公還親喔！」

這傢伙，連話都說不清楚，真弱。

原來，他不是老闆的孫子啊。

汪！小狗叫了一聲，想要掙脫男孩的懷抱。

「牠其實不太喜歡人家碰牠，所以都沒洗過澡。」難怪，味道真的很濃厚。

這時，我注意到小狗的身上有許多缺少毛髮的地方，看起來像是傷疤結痂。牠以前肯定吃了不少苦頭。

「你看，牠其實有一隻眼睛看不見了，」醫生說的。」的確小狗其中一隻眼睛眼皮塌塌的，眼珠也變成濁白色。

「好殘忍……」我忍不住說。誰會這麼狠心，傷害一隻小狗呢？牠身上的傷痕，眼睛的傷痕、還有身上惡作劇一樣的噴漆，是同一個人做的嗎？

我伸出手，想要摸摸牠。沒想到小福卻露出牙齒低吼。

「哈！牠不喜歡你啦！」這傢伙，真討厭。我才剛以為兩個人可以因為狗的話題而熱絡一些，他就馬上機車起來。

他又摸摸小福的頭說：「你只喜歡阿樂哥哥對不對？」真的很故意耶！

「叮鈴鈴噹噹——叮鈴鈴噹噹——」我的手機發出清脆悅耳的聲音。從口袋拿出手機一看，原來是媽媽打來的。

「寶貝啊，已經放暑假了，記得要好好看書，別亂跑喔！我現在沒辦法讓你去才藝班，你長大了，要自己安排時間喔！」媽媽的聲音裡混有嘈雜的人聲，大概又是在「拜訪客戶」吧！

「嗯……嗯……嗯。好。」我順著媽媽的話，隨便應付了幾聲。

媽媽也真可愛，打手機給我的話，只要每次都接，她不就不知道我不在家了嗎？而且不用去上才藝班真是太棒了，多自由啊！

掛掉電話後，我發現阿樂正直直盯著我的手機看。

「哇塞，你有智慧型手機喔！」

「這又沒什麼。」現在沒有人講智慧型手機了啦，真土。

「跩什麼，有錢人了不起喔。」

我懶得理他，肚子餓得咕咕響，反正《食人雜貨店》已經順利拿回來，這裡又什麼都沒有，我準備去超商吃早餐，吹冷氣了。

利拿回來，這裡又什麼都沒有，我準備去超商吃早餐，吹冷氣了。

「汪！」當我走出門時，小福又叫了一聲。牠是在趕我走嗎？還是牠其實也想認識我呢？

我回頭看一看「喜旺來雜貨店」，小福已經不見了；裡頭又成了一汪陰暗，只隱約傳來鄉土劇喧鬧的對白。

再訪喜旺來

便利商店的確是我最喜歡去，甚至是花最多時間待的地方。那裡乾淨、舒適，有各種飲料、食物，甚至還有很多雜誌可以免費閱讀。尤其在炎熱的夏天，有空調的便利商店太舒服了，我還可以用手機免費上網，簡直就是天堂呀！

我不挑食，便利商店裡的所有熱食、熟食，全都吃過；很多已經「絕版」的食物我不僅吃過，還如數家珍。

例如，有一款我非常喜歡的青醬起司蛋炒飯，簡直是極品珍饈呀！但是竟然銷路不佳，沒有多久就下架停產了。

還有麻辣肉包子，也同樣經典！有一陣子我幾乎天天吃，配上一罐甜豆漿，一整個早上心情都很愉快。其他像是魚翅餃、蔥花牛肉麵……都是讓我難忘的美味。

媽媽總說：「還好有便利商店，安全、便利、又衛生！」我想，這個觀念一定深深刻進我的腦海裡了。我甚至在不知不覺間養成了在便利商店打發晚餐的習慣。有時候帶回家裡看電視吃，有時候就乾脆在便利商店裡吃完再回家。

昨天從喜旺來回家後，那隻小狗可憐的模樣，一直擱在我心上。我想要再回去看看牠。

偏偏牠和那個討厭的阿樂很親密，真叫我感到不是滋味。

第二天早上，我急急忙忙到便利商店買了飯糰、牛奶，挑了一本看起來超精采，書名叫《殭屍在我家》的恐怖校園鬼故事，還有最重要的——一罐狗食，然後繞到喜旺來雜貨店去。

店已經開了，裡頭還是一樣黑黑暗暗的。我在門口探頭探腦，想看看小福在不在，也希望那個阿樂不在。

「嘿，你又來了喔！怎麼不進去？」身後有人叫我，原來是老闆阿旺阿公。他戴著一頂飼料公司送的鴨舌帽，還帶著袖套，大概是剛好忙完回來。

「不……不用啦。我只是來看小福，不是來買東西。」我慌忙解釋，可是這麼說好像在嫌他的店沒有我需要的東西一樣。

「喔！這樣喔！趕緊進來啊！」阿公逕自走進店裡。「阿樂這幾天跟她媽媽回南部，沒人跟小福玩，你來正好。」

聽見阿樂沒來，我還真鬆了一口氣。畢竟在那個討厭鬼面前出過醜，我實在難堪。

於是，我跟著阿公走進店裡。

「小福！快出來，哥哥來看你喔！」阿公一面脫帽子和袖套，一面叫喚著。一連叫了幾聲，卻都沒回應。

「這隻狗仔，個性比較古怪，可能以前被人欺負過的緣故。」老伯蹲下身，瞄了瞄櫃子下方。

「喔！在那邊啦！小福！小福！」老伯指了指。

「牠可能不想出來，不理人。」

我也跟著蹲下來看，果然看見小福蒙著頭，窩在櫃子下面，一動也不動。

「沒關係。」看見小福，我已經很高興了。

「這個……可以給牠吃嗎？」我猶豫著拿出塑膠袋裡的狗罐頭，遞給阿公。

「唉呀！你這孩子怎麼這麼好心。」阿公似乎很驚訝，「還讓你多花錢，實在歹勢啦，這隻小狗都跟我吃。」

阿公接過罐頭，無意間瞄了一眼我手上的塑膠袋。

「你還沒吃早餐喔？」

「嗯，對啊。」

我並不想在這裡多待，所以送完狗食，便準備離開。

「阿公，再見！」

「啊？要走了，不多坐一會兒嗎？」聽到我要走了，阿公好像有點失望。阿公是一個人住嗎？怎麼沒有看見其他的家人呢？或者他有另外的住所呢？

「啊！對了，我這邊有早上剛採的地瓜葉，你拿一些回去，給你媽媽煮。」

「謝謝！不用了啦，我媽媽沒在煮飯。」阿公真是太熱情了，讓我有點壓力。

「這樣啊……那你等我一下。」阿公急急忙忙跑進屋內，拿了一罐易開罐給我。「這個拿回去喝！來！」

我實在難以抵擋阿公的熱情，也怕傷了他的心，只好勉強收下，隨手塞進包包裡。

「有空再來坐，阿樂常常都會在這裡。」阿公邀約著。

「嗯！再見！」我隨口回應，但心裡想著，這裡沒有我可以買的東西，實在不好意思老是來了又沒買東西。便利商店就不會有這樣的壓力了，店員不會一直注意你。況且，那個阿樂，我其實一點都不喜歡。

騎著車離開雜貨店一段距離後，我又回頭望了一下。

嘿！小福竟然站在店門口！

可是當我轉身想要回去，牠再一次一溜煙跑回店裡去了。

誰來用餐

我回家後，拿出放在包包裡的飲料，是我從來沒喝過的「蘆筍汁」。包裝上有一個很古老的美女，亂奇怪一把的，而我也從來沒有看過這個品牌的飲料。我不敢亂喝來路不明的東西，所以就隨手擱在書桌上。

難道這種雜貨店，都是賣這種怪怪的、看起來古老的飲料嗎？

不過，我並沒有看到擺放飲料的櫃子，莫非是阿公自己在家喝的？

叮鈴鈴噹噹——手機突然響起。

「寶貝，你起床了嗎？」我都這麼大了還叫我「寶貝」，我從半年前就開始很不習慣了，但媽媽顯然沒察覺。

「嗯。」

「今天也要好好自己安排時間喔！男孩子，已經長大了，要獨立一點。媽媽相信你。」

「嗯。」

媽媽這些叮嚀我老早就會背了，我才不需要她交代哩。她只要好好專心做她的事就好了，我不會增加她的麻煩的。

「我要去圖書館。」

「哇！寶貝真的太棒了！果然是媽媽的寶貝！」

不知道為什麼，媽媽聽到「圖書館」，就會充滿欣慰，雖然我並沒有真的要去，但讓她高興一下也無妨。

「不要亂吃東西，還有，沒錢用要馬上跟媽媽說喔！」我在媽媽說之前，就自己無聲的先說了一次，一字不差！我真厲害！

「媽媽去忙了！我們都要努力喔！」

「嗯！」我試著讓自己的嗯聽起來有朝氣一點。

媽媽真辛苦，她會這麼努力賺錢，不外乎就是要幫爸爸還債，還要養我，還要存以後給我出國留學的錢。

「媽媽會努力賺錢，讓你出國留學！」每回看媽媽說得激動，我好像也漸漸對於出國留學有一股期待，儘管我不知道出國留學到底要學什麼。

人習慣一件事的時間，遠比自己想像得要短。

一開始和媽媽搬來這裡的時候，只要媽媽一不在身邊，我就會感到焦躁不安。而現在，我已經能夠自己處理所有的事情了：吃飯、洗衣服（連媽媽的也一起洗）、寫功課，不需要麻煩媽媽幫我做任何事——也不需要媽媽擔心任何事。

1000
叮

不過，畢竟是暑假，我還是得好好享受一下悠遊自在的時光。跟媽媽通完電話，我躺在床上看鬼故事。

不妙，運氣太糟了，這本《殭屍在我家》簡直難看到破表。這種鬼故事買之前不能先看，因為書都被封套密封起來，只能靠運氣。有時候就是會踩到地雷。

可是，錢都花了，不看完實在很浪費，我忍耐著，期待後面的劇情會精采一些，但故事實在太荒唐了，根本看不下去。

我把書丟在一旁，無意間瞥見了放在桌上的蘆筍汁，想起了雜貨店裡的那隻小狗小福。

反正在家也無聊，又跟媽媽說我要去圖書館，那就……出門去吧！順便繞過去看看小福會不會剛好跑出來玩。

一看時間，沒想到又快中午了，順便吃中餐吧。今天中午，吃個超商雞排咖哩飯好囉！超讚！

說走就走。

我跨上腳踏車，到超商去買了咖哩飯和可樂，又買了一包餅乾，再度來到喜旺來雜貨店。

因為被阿公發現的話會有點不好意思，我停在離雜貨店稍遠的地方。

今天的太陽好大，皮膚一下子就晒紅了，還是回家吧。

「汪汪汪！」

是小福！或許是發現我來了，牠警覺的放聲大叫。

混著綠色噴漆的小身影，正在店門口晃動著尾巴。

我想牠是認得我的，好開心啊！

不過，牠的叫聲，自然引來了阿公的注意。

「ㄟ，你又來了！」阿公的聲音聽起來好像挺開心的：「外頭很熱，趕快進來！小福也在叫你了。」

我並不想進到雜貨店裡，卻又克制不了想要和小福玩耍的慾望，終究還是進去了。反正阿樂好幾天不在！

小福看著我，一面後退，一面吠叫。我看牠的尾巴雖然搖個不停，叫聲卻不太友善，牠究竟是歡迎我還是討厭我？

「來！吃這個！」我拿出餅乾，想要討好牠。

可是沒想到，小福看我拿東西，又一溜煙鑽到櫃子底下去。

「哎唷，你這個孩子，怎麼早上才剛拿過東西，現在又買東西過來？」阿公見了，苦笑著搖頭。

「小孩子還不會賺錢，不要亂花錢喔！」阿公的語氣十分溫和，我並不覺得不高興。

「沒有啦，就想說給牠吃一點，聽說狗狗很喜歡吃這個。」

「你中午也素粗便利商店的東西喔？早上不是也粗那個。你媽媽不在家嗎？」

這時候，我感覺阿公有點管太多了，唉呀，他可能年紀也大了，跟不上時代，不知道超商的東西種類多，又安全方便，比很多外面小吃店賣的還更美味！

「喔！她要上班，我都自己吃。」

「小孩子粗這樣不行，會長不大！」阿公臉上的表情彷彿我吃的是什麼垃圾食物，我有點不高興，可是他終究是長輩。

「不會啦，我常常吃，很好吃又營養，身體也不錯啊！」這是真的，我除了有一點近視，有一點蛀牙，身體好得很！

「不行不行，」阿公還是堅持他的看法，「來，一起粗午餐，我也還沒粗。」

阿公的態度讓我有點驚嚇，他又不是我阿公，幹麼管這麼多！

「剛好阿樂這幾天不在，你粗他的份！」阿公向我招手。

「不用啦！」我試著婉拒。

「你看，夠粗啦。」阿公的飯菜就放在店裡面勉強可以稱為

「收銀台」的老書桌上。有炒飯、滷肉、青菜和湯。

不知是不是剛好餓了，我的肚子竟然在這個時候叫了起來，鼻子也強烈接受到飯菜的香氣。

「咕嚕嚕——」真糗！我的肚肚，您爭氣點呀！

「肚子餓了吧，一起粗啦！趁熱！」

「不……不用了，謝謝！我自己有便當了。阿公再見！小福再見！」我慌慌張張趕著離開，跟不認識的人一起吃飯，而且還是在人家的雜貨店裡，就是很怪！

因為太急著離開，一不小心，我撞到了一個剛要進門的人。

「哎喲！對不起！」我連聲道歉。

「沒關係。」那位客人說：「咦，不是阿樂喔！」

「不素不素，他是阿樂的朋友！我正要留他粗飯。」阿公說。

什麼呀！我才不是阿樂的朋友！

「哎！少年耶，別不好意思！」那個客人是一位年輕的叔叔。

他很自然的搭著我的肩膀，像是「好麻吉」一樣，又把我推進門。

「阿旺伯煮的飯，一級棒，你不吃，損失喔！阿樂可是常常吵著要點菜咧！」年輕的叔叔說。

我有些害怕，不敢離開，只好怔怔的坐下。

「阿進呀，你給我『捧屁股』⑤，不過我最近沒辦法跟你叫貨喔。」阿公笑的很開心。

名叫阿進的叔叔，用一種誇張的音調說，「阿旺伯，你怎麼這麼見外啦，我專程來找你吃飯的，不是來跟你跑業務的！」

「你這個傢伙，專程跑來粗飯，也沒先跟我說一聲，飯不夠啦！」

「你免煩惱啦！」阿進愣了一下，用手拍了頭。「我有夠糊塗！你等我一下。」

⑤台語「拍馬屁」的意思。

沒一會兒，阿進又回到店裡，手上拿著一包東西。

「阿旺伯，我怕你麻煩，我有準備其他的好料，你最愛的鵝肉！」阿進得意洋洋，對我說：「今天算你賺到，這個很好吃喔！」

「喔，這麼好！我有年歲了，還拿這個來給我誘惑。」阿公接著轉頭對我說：「這個阿進，在賣罐頭的，我從小看到大，很熟啦，一起粗！」

「阿旺伯從我年輕的時候就一直照顧我。我以前放學的時候，都會來這裡寫功課，就在現在這張桌子上。平常沒事的時候，也都三不五時和附近的小朋友，跑來這裡玩、吃飯；阿旺伯和阿嬸就像我的阿爸阿母一樣啊！」阿進叔懷念的說著。

「先坐啦！」阿旺阿公忙著招呼。「說到以前喔，每天都一大堆小孩來這邊玩，多熱鬧的。這個阿進叔叔，是所有的小孩裡面最皮的。」

「哎唷，別說這個啦，少年時不懂事。」阿進叔叔搔搔頭，很不好意思的說，「多虧有阿旺伯和阿嬸照顧，我才沒走錯路。來！吃飯啦！」

無論是阿旺阿公，或者是這個充滿「江湖味」的阿進叔叔，都彷彿已經認識我很久了，我就這麼傻傻的坐著，聽他們兩個聊得興高采烈，對著我天南地北，毫不避諱。

「快吃快吃！」阿公和阿進叔叔都催我。

我夾了一塊滷肉，咬了下去。哇！真是肉香四溢！接著又扒了一口炒飯，喔！又鬆又香，跟超商的炒飯完全不一樣！

我肚子瞬間變得極度飢餓，不能自己的大吃起來。

「怎麼樣！很好吃吧！」阿進叔叔端起碗，對著我說。他也跟著吃起炒飯來。

「嗯！嗯！」他邊吃邊頻頻點頭。

「怎麼樣？」阿旺伯問阿進。

「只輸阿嬸一點點。不錯不錯！」

阿旺伯伸起手假裝要打阿進，臉上卻是笑吟吟：「輸我老婆，是應該的，好粗就說好粗，說那麼多要幹麼？」一旁看著他們忘年之交的情誼，我心裡突然有種羨慕的感覺，他們的關係像是父子，又像是好朋友。我有一點想爸爸了。

阿進叔叔和阿旺阿公就這麼開心得邊聊邊吃，我則是專心吃飯，吃得好飽。

「哎唷，忘記時間了，阿旺伯，我該走了！」阿進叔叔看見時鐘已經一點半，彈跳了起來。

「好好好！有閒再來抬槓！路上小心！」

阿進叔叔出門前，小聲的跟我說：「阿公一個人，你和阿樂有空要多幫忙，幫叔叔一下，好嗎？」

看阿進叔叔的表情，從剛才像江湖大哥的豪氣一下子變成了充滿擔憂的兒子一樣，我不由自主的點點頭。

「好！下次我請你吃大餐！先來走！」說完，阿進叔叔匆匆出門去了。

剛才阿進叔叔說，「阿公一個人」，指的是他的太太已經過世了嗎？那他的兒子或者女兒呢？如果阿公真的是一個人生活，那真的挺辛苦，挺可憐的哪！不就是電視上說的「獨居老人」嗎？

阿公已經在忙著收拾桌面，我連忙過去幫忙。

「不用啦！你真懂素，我自己收就可以！」阿公大概不好意思讓我這個「客人」幫忙。

「不會不會，這個很簡單，我會的！」我搶著收碗筷。

「好啦好啦！一起收、一起收。」在我的堅持下，阿公只好放棄；然而他還是不讓我幫忙洗碗。

阿公洗碗時，我在店裡隨處亂看，也偶爾找找小福的蹤影。

我注意到，在商店的後方，似乎就是阿公的住處。在一面牆上，掛著一張黑白照片，是一位老婦人的照片。

照片中的老婦人，正慈祥的看著我。以往我只要看到這樣的黑白肖像，總是有些害怕，但不知為什麼，我今天卻一點都不怕。

媽媽雖忙，但至少和我住在一起。

阿公一個人生活，一定很寂寞吧？

純手工辣椒醬

「您好！請問老闆在不在？」

店門口突然進來一位客人，是一位蠻年輕的阿姨，國語帶有點外國口音，雖然也是黑頭髮黃皮膚，但輪廓卻更為深邃。

「老闆……在……在後面洗碗。」我不知該如何招呼。

「阿春喔！你等我一下！我洗個碗。」阿公從廚房門口探出頭來，似乎和這個叫阿春的阿姨很熟。「這是阿樂的朋友啦。阿弟，你先跟阿春姨聊一下。」

嗚，又來了，我不是阿樂的朋友！

「旺伯，你慢慢來啦！我拿辣椒醬來寄賣。」

「好好好！先放著！」阿公又繼續洗碗去了。

要我跟阿姨聊一下，我不知道該聊什麼耶，阿公也真是的。

「你好！我是阿春。」

「你好！我是小傑。」

結果，我的擔心是多餘的。阿春姨十分開朗健談，問我住哪裡，幾年級，是不是阿樂的同學，來這裡玩嗎？一連串的問題，我有點招架不住，有些我不太想回答，所以索性用反問來解決。

我問，阿姨怎麼會來到台灣的，又怎麼認識阿公呢？

原來，阿春姨幾年前從越南嫁來台灣，一個人在家帶小孩，經常出來散步。附近沒有專門給外籍人士的超級市場，阿春姨有時就會帶女兒過來買東西。阿春姨的老公對她很好，但是經常出去跑船，很久才回來一次，加上離家很遠，所以，難免就會想家。當她想家的時候，就會來和阿旺老闆和阿嬸聊天。

有一次小寶寶突然生病發高燒，阿春姨不知道該怎麼辦，剛好先生又不在家，那時候語言還不夠流利，她沒有交通工具，情急之下，抱著寶寶跑到喜旺來敲門。

阿旺老闆和阿嬸連忙幫她叫了計程車，阿嬸還陪著她搭車一起到醫院。幸好到醫院及時處理，寶寶的病情受到控制，才不至於引來可怕的後果。現在孩子都上幼稚園了，她開始有時間可以利用，賣自製辣椒醬。

聽起來，阿春姨對喜旺來的阿公阿媽相當感念，而且十分親近。老闆娘阿嬸，似乎是一位很受人敬愛的長輩，阿春姨談起阿嬸的時候，總不忘一直強調「阿嬸很照顧我」，教她很多台灣的習慣，還有台灣菜的口味，也告訴她要小心危險，不要被人欺負。我聽著阿春姨用流暢、仍帶著濃厚鄉音的國語說著這段往事，彷彿親眼看見當時的光景。

「阿嬸就像我媽媽一樣，而且，煮飯很好吃喔！」阿春姨的笑容裡，滿是幸福的回憶。

「阿春啊，這些青菜給你的小孩粗，剛採的！」阿旺阿公從廚房忙完，拿了一包青菜出來。

「阿弟仔，你看這個，是阿春姨做的辣椒醬，她家鄉的口味。」阿旺阿公遞給我一瓶裝著橘紅色醬料的「無牌」玻璃罐頭。

「很香喔！純手工，限量的！」

「沒有啦，就家鄉的味道而已。」阿春姨不好意思的說。

啊！我這才意識到，原來櫃子裡有幾瓶沒有牌子的奇怪玩意兒，是阿春姨的手工辣椒醬。

「你拿一瓶回去粗粗看，你如果不敢吃，就給家裡的人吃。」

阿旺阿公拿了一瓶給我。

「對啊！吃吃看！」阿春姨也熱情推薦自己的作品。

唉，真尷尬，爸媽雖然愛吃辣，但爸爸不在家，媽媽也不開伙，根本沒人吃。

「……這個多少錢？」看著老闆和阿春姨殷切的眼神，我實在難以拒絕。

沒想到，阿春姨很不好意思的連忙揮手說：「不要錢！不要錢！我請你吃！」

阿旺老闆笑了起來：「傻孩子，你以為我們在跟你推銷喔！

這罐阿公請客啦！」

「不行，我請！」

「算我的啦！」

不知怎麼的，竟演變成阿旺阿公和阿春姨爭著請我吃辣椒醬的局面。

「好啦！就算我的！我是老闆捏！」阿旺阿公阿莎力的做了一個結束。

「阿弟仔，這罐是請你的，不用不好意思，你平常常帶東西來，阿公都沒給你錢。」

「那……那下次我用買的。」

「哈哈！你這孩子，就是這麼謹慎。」阿旺阿公笑著搖頭，

「好啦，這樣就對了，請歸請，賣歸賣，好粗再買！」

「對啦！不好吃就不要買，哎唷，我在說什麼，保證好吃啦！」阿春姨發現自己的話怎麼說都矛盾，羞得臉都紅了。

「嗯！」我握著手上的辣椒醬，心裡有股熱熱的感覺。

「逼哩鈴鈴丁！」這時，我的手機發出訊息提示聲。

「寶貝，媽媽今天會提早回家，你在家等我，下午帶你去百貨公司吃冰淇淋。」

「好啊！」我簡單回覆。也該是回去的時候了。

「阿公！我……我要回去了……」我一時找不出適當的告別：「……我明天……再來看小福。」

阿公似乎洗碗洗到一半，連忙從裡面出來，還一面擦手。

「要走了嗎？」阿公的臉上掛著爽朗的笑容，看不出他的寂寞。「明天如果有來，不要再買東西了！直接過來玩吧！」

「好！謝謝您的午餐！」我有點不忍心離開，但還是得走了。

我騎了一段，又回頭望向雜貨店，看見阿公和小福，都站在店門口目送我離開。

「汪！汪！」小福是在跟我道別，還是要我別再來煩牠了呢？

「騎車小心！」阿公對我揮了揮手。

「好！」

我騎得好快，並不是趕著要去吃冰淇淋，而是對明天的到來，有股自己當時都沒有察覺的期待。

外送服務

今天，媽媽出門後，我馬上又到超商去買狗罐頭。一直都忘了問阿公，小福吃得開不開心。看電視廣告說，這是「給寶貝最頂級的享受」，小福一定會喜歡的。

其實，昨天和媽媽去吃冰淇淋的時候，聊天的內容讓我心情一下子低落了。當時為了不讓媽媽擔心，我也沒多說什麼。

但是，心裡還是悶悶的。

心裡悶的時候，我就想起可愛又可憐的小福，還有阿公煮的菜。我忍不住就想去喜旺來。

趁著那個討厭的阿樂不在，我可以多和小福相處，得好好把握時間呀！

「老闆！小福！」今天來喜旺來，我已經不再感到不自在了。

我跨進門，感覺到笑容瞬間離我而去。

「喔！又是你喔！」坐在「老闆」位置的，不是別人，正是那個討厭的阿樂！他不是和媽媽回南部好幾天嗎？莫非是阿公記錯了？

「你要買什麼？」阿樂回過頭去，繼續看著電視裡的鄉土劇。

我現在才知道，鄉土劇竟然一大清早就播！

「沒有。我來找小福。」

「小福躲起來了。」鄉土劇裡面的角色正為了遺產爭吵。

「喔！阿弟仔喔！你來了，正好，一起粗。」阿公穿著一件白色汗衫，卻繫著一條媽媽圍裙，看起來有點滑稽。「阿樂她媽媽臨時有工作，提早回來，你們兩個這樣比較有伴，真好！」

「誰想跟他作伴啊。」阿樂盯著電視碎碎念，聲音卻大得讓我聽見。

「我拿要給小福的罐頭過來。」我不理阿樂，只跟阿公說話。

「小福不吃那個啦！」阿樂硬是搭腔。

最好是，這個是頂級罐頭，都是高級牛肉塊，不可能不吃！

「來喔，燒喔！」阿公從廚房出來，提著一大鍋東西，身上仍是白色的汗衫，腰間仍繫著圍裙，看起來有點搞笑。不過，我的注意力一下子就被一股香氣給轉移了。喔！好香！真的好香。

剛剛進門隱約聞到一股香香的氣味，現在簡直如海浪襲來。

現在十點多，我還沒吃早餐，他們也吃早午餐嗎？

「米粉羹！早上粗點心這個最好！」阿公一邊忙著脫圍裙，一邊招呼著。

「水啦！」阿樂的臉上綻放像瑪格麗特般的清新笑容，跟剛才簡直判若兩人。我沒騙人，阿樂笑得跟一朵花一樣。貪吃鬼。

此時，阿樂已經從廚房裡拿出碗筷了，有三副，顯然是把我也算進去了，即便他從剛才都沒正眼瞧我一眼。

阿公和阿樂看似迫不及待的圍著店裡放老收銀機的方桌，準備開動。

「一起粗，人多更好粗！」阿公從鍋子舀起一大碗米粉羹放在桌上，招呼我過去。

只見阿樂拿著大碗公大口吃了起來，吃得渾然忘我。雖然米粉羹數量不少，但照這隻蝗蟲的速度，應該沒兩下就吃光了。

「趕快來喔！趁熱粗喔！」阿公再次招了招手，阿樂又盛了一大碗。

哎呀，盛情難卻，傷腦筋。我就吃吧！

我把東西隨手放在櫃子上，坐下來吃了一口。

天啊！這……這米粉羹也實在太好吃了吧。超讚！

「阿公，你們都這麼晚吃早餐嗎？還是早午餐？」我忍著不敢狼吞虎嚥，一口一口慢慢吃，怕被笑是餓鬼。

「噗！」一坨米粉從阿樂的嘴巴噴了出來。「還早午餐咧！誰像你這麼好命，睡懶覺睡到這麼晚。」

「阿樂，沒禮貌。」阿公出聲斥責，阿樂若無其事繼續吃。

「這是點心啦，阿樂早上六點半就來幫我整理東西，怕他餓了。」

力
三季
公研

原來如此。這散漫的阿樂，竟然這麼早起勞動。真看不出來喔，嘖嘖！

「對了，你叫什麼名字，一直忘記問你，真歹勢⑥。」

「我……我叫陳鳴傑，朋友都叫我小傑。」我不好意思說，我在這個學校，根本沒有朋友。

「陳鳴賊，小賊……英雄豪賊的賊鮈？」阿公的台灣國語，把我的傑變成「賊」，我真是無言以對。

阿樂在一旁邊吃邊竊笑，彷彿我說了什麼很可笑的話一樣。

「對，一鳴驚人的鳴，英雄豪傑的傑。」

「你是新搬來這邊的嗎？我以前沒看過你。」

「對……搬來幾個月而已。」

「真好！真好！」阿公夾了一口米粉送進嘴裡，點頭微笑。

他是說自己煮的米粉羹很好吃嗎？還是說我搬來這裡很好呢？搬來這裡，根本一點也不好呀！

「對了小賊，要不要跟阿樂一起去送貨？」阿公這句話，引起阿樂的注意。他警覺的停止咀嚼。

「不用，我自己一個人就可以。」阿樂好像很不想讓我跟。

可是我本來就要說我不想去呀。

⑥台語「不好意思」的意思。

可惡，這個阿樂真的很機車，偏偏我的個性也不是好惹的。

「送貨？」

「送貨，對啊，就在轉角過去一點。」

「好啊，我很樂意幫忙。」我是幫阿公，不是幫阿樂。

「嘖！」

真令人不敢置信！這小子竟然嘖了一聲，不情願的表情溢於言表。

這時候，小福突然從一個櫃子底下竄了出來，興奮得撲上阿樂。

阿樂蹲下一把抱起小福，高舉著歡呼：「小福！哈哈！你出來了！你今天願意讓我抱呀？要陪我去送貨嗎？」

「哈囉！小福！」我伸出手，也想摸摸牠。

「汪！」沒想到我還沒碰著，小福又兇了我一次。搞不懂，牠到底是喜歡還是討厭我呢？真叫我尷尬。未來即將成為像怪醫杜立德一樣厲害獸醫的我，買了好幾罐狗罐頭，都沒有辦法讓小福接受我；這個叫阿樂的傢伙，卻和小福好像感情最「鐵」的死黨。

「你不喜歡他對不對，我們走吧！」阿樂放下小福，拿起阿公放在桌上的東西，準備出門。

「阿樂和那隻狗感情很好的，常常都會玩得很瘋。」阿公的補充說明印證了我的不安。可惡！我真難接受。不過，男子漢不會因為這點小挫敗就受傷的，再過一陣子，小福就會接受我，把阿樂晾在一旁了。

「還有那包米也要麻煩你，有點重喔，你可以嗎？」阿公笑咪咪的，這有什麼好笑的呢？

「沒問題。」才說沒問題的阿樂，只能抬起那包米幾秒鐘，顯然是有點吃力。

哈！天賜良機，我表現的時刻到了。

「我來吧！」我自信滿滿的用力一提，沒想到這包米竟然比我想像的重那麼多。我感覺到臉上的血管都漲了起來，一定很紅，真是糗。

結果，果真變成了我和阿樂一起抬米送貨了。阿公明明一開始就知道一個人搬不動吧！

小福在阿樂身旁跑來跑去，似乎很開心。

「對了！這邊還有幾把早上剛採收的菜，麻煩幫我一起拿去給阿姨。」

阿公笑吟吟的把一包用紅白條塑膠袋裝著的青菜，硬是掛上我抱著米的左手腕。

算啦！也沒差這一包菜了！

「ㄟ，你是不是看我很不爽，請問我有哪裡惹到你嗎？」在送貨的途中，我忍不住問這個臭臉阿樂。我轉學來新學校一個學期了，沒交到任何朋友，心裡已經夠悶了。

「你……你看起來是有錢人，有點跩。」阿樂說這些話的時候，頭連轉都沒轉。

可惡，什麼有錢人啊！他知道什麼。

「有錢人又怎樣了！你又知道我家有錢了？」阿樂對我的印象竟然是這樣。

「你的球鞋和衣服都是名牌的啊，沒事就到超商去買東西。」阿樂說話的語氣十足把握。

「那是我媽買的，而且……」真氣人，我到超商買東西是因為我只會在那邊買東西，更何況我三餐都得要自己打發……唉，我自己都不知道怎麼說了。

「啊！算了！」我不自覺大吼一聲。

「你有病喔！叫那麼大聲。」

「懶得跟你說了。你幾年級，四年級嗎？」我一直覺得阿樂老氣橫秋，說話又很沒禮貌，但他的個子瘦小，應該比我小才對。

「五年級。你幾年級？」

什麼！五年級！跟我同年？不妙！

「那你幾月生的？」

「九月二十九日。」

天啊，這下慘了，我是八月生的，算一算阿樂搞不好比我大了快一歲。

「我也是九月……九月……二號」我說謊。希望他看在我謊報生日的份上，對我尊敬一點。

「嘖！」

這傢伙，真的好沒水準喔！算了！

我突然想到另外一件事。喜旺來的生意一定挺差的，阿公的腦筋也動得真快，竟然還想得出外送服務。哈，便利商店現在也能外送，想不到像喜旺來這麼沒有人氣的雜貨店也做外送，還真是跟得上流行。

這包奇怪的米，實際的重量比看起來重許多，我們兩個搬了一會兒，就不說話了。

到底要送到哪裡呢？

我們來到了一棟非常老舊的公寓，這間公寓顯然沒有電梯。運氣好的話，我們不用爬到最高的五樓。

我已經開始微微喘氣了，阿樂卻好像沒事一樣，我也只好忍住。

不妙，已經過二樓了，希望停在三樓。

「你不行了嗎？手越搬越低。」阿樂問。

「你才不行咧。」我拚了命把手抬高，加快腳步。

結果，到了五樓時，我們一起把米放在門口的地上。

我忍不住吁了一口大氣。偷瞄阿樂，他插著腰，也微微喘著氣，看起來有點在忍耐的樣子，一定跟我一樣在硬撐吧。呵！

「叮咚！」阿樂伸手按了門鈴。

過了一會兒，塗著紅色油漆的厚重鐵門後，一道黑色鐵門打開了。

「徐阿姨好！我送醬油和米過來，還有一些阿旺阿公自己種的青菜。」阿樂彬彬有禮的說明，著實讓我嚇了一跳。

「喔！是阿樂送來了嗎？謝謝、謝謝！不好意思。」從門縫裡，我看見一位年紀並不算大的阿姨。

阿姨花了好一陣子才把紅色的鐵門打開。她拖著蹣跚的腳步，動作十分緩慢。

小福看見阿姨，也是高興得汪汪叫，一面拚命在阿姨腳邊磨蹭。

「嗨！小狗，你也來啦！」奇怪，怎麼除了我以外，這隻狗跟誰都很熟啊？

「謝謝你！多少錢啊？」阿姨緩緩拿出錢包。這時她注意到在阿樂身後的我，「呀！阿樂帶朋友一起來？」

「徐阿姨，他不是我朋友，只是剛好一起幫忙的。」阿樂說得斬釘截鐵。

「徐阿姨好，我叫陳鳴傑。」

「你好你好。」

「徐阿姨，老闆說改天再跟您算，不急。」阿樂硬是把我和阿姨的對話打斷。「唉呀！怎麼老是這樣，不好意思啦！」阿姨急著搖手。

「沒關係的！您再跟阿旺阿公算！」阿樂轉過頭，「喂，快點把米搬進去。」

雖然我不喜歡阿樂這麼頤指氣使，但我仍然看得出來阿樂的用意。

我急忙和阿樂一起把東西搬進去。屋子裡面似乎沒有其他的家人。我注意到屋內有股香氣，仔細一看，果真不錯，阿姨的廚房外吊掛著許多粽子。地上還有裝著粽葉的盆子。

「好香喔！」雖然才剛吃飽，聞到粽子的香味我又嘴饞起來。

「真的嗎？」阿姨慢慢走了過來。

「這些拿回去吃吧！」阿姨拿起桌上一串粽子，遞了過來。

「不用了，謝謝！」粽子雖香，但看阿姨行動不方便，我不好意思拿。

「謝謝阿姨，我拿三個，我和他和阿公一人一個。」阿樂馬上搶話。「阿姨的粽子很好吃，阿公要我順便再拿回去店裡賣，如果剛好有多的，而且阿姨願意的話。」

「啊，這樣啊！」阿姨的臉上露出笑容。「不好意思啦。」

只見阿樂不等阿姨答應，逕自拿起桌上的粽子。

「啊！謝謝！」阿姨見了，也忙著幫忙。「幫我跟阿旺伯說謝謝，就先拿二十個去賣賣看。」

「我會幫您賣，一下子就賣完了啦，放心。」阿樂信心滿滿。

「這些我拿回去喔，賣完再跟您說。」

「謝謝……」

「走囉！阿姨！要注意身體！」離開之前，阿樂元氣十足的問候，讓阿姨開懷的笑了。

「再見！」阿樂說。

「再見！」我也跟著說。

「幫我跟阿旺伯說謝謝啊！」阿姨揮著手，還頻頻向我們微微鞠躬，真是不好意思。

走出阿姨住的公寓時，我突然想到一個問題：「行動不便的阿姨，住在沒有電梯的頂樓，要下樓不是很麻煩嗎？」

阿樂和老闆，是因為阿姨行動不方便，才主動送貨過去的嗎？

「阿姨腳不方便，為什麼不住在一樓或者方便一點的房子呢？」我忍不住問。

「你以為每個人都像你家一樣有錢，說搬家就搬家喔。」阿樂翻了一個白眼。

「兇屁。」其實阿樂說得對，我自己搬過家，知道搬家不是一件容易的事。

「阿公，貨送到了。」阿樂說。

「你沒跟阿姨拿錢吧？」阿旺阿公問。

「沒有。」阿樂回答，「這些是要幫阿姨賣的，我拿回來了。」

「很好！」阿旺阿公接過阿樂手上的粽子，拍拍他的肩膀，表示讚許。阿樂臉上的表情，像是受到讚美的小狗一樣，樂陶陶。

「也謝謝你，小賊。」

「不客氣啦，我沒幫什麼忙。」我回答。

「這倒是真的。」阿樂挖著鼻孔，不屑的說。

我白了他一眼，但他根本沒看見。

未完待續……

喜旺來的家常料理

- 大廚：阿旺阿公
- 水腳（就是助手的意思）：阿樂
- 阿樂記錄

阿旺阿公煮的三餐都好吃。我除了喜歡吃，也喜歡在阿公旁邊看他煮飯，幫忙拿盤子、準備食材，聽阿公用台灣國語叮嚀我調味料要放多少、要用大火還是小火……阿公在料理中加入的調味，都是「阿公嚴選」、在店裡也有賣的調味料。喜旺來的餐桌上除了阿公手作，也會出現鄰居長輩所做的好吃食物，這些好吃的食物，我決定有空時就要記下來。

私房滷肉

材料
- 三層肉、紅蘿蔔、大蒜、蔥、辣椒、八角、滷肉包
- 調味料：醬油、米酒、糖、胡椒

我看到的作法

阿公喜歡把肉切的很大塊，洗乾淨之後先炒一炒，再把也同樣切成塊狀的紅蘿蔔、大蒜、一根蔥和一個小辣椒放進去一起炒，接著放一點胡椒，這時候會有非常香的香氣產生，炒到豬肉顏色

都變白之後，加入水和醬油，把肉都蓋住，丟進滷包、八角、米酒和一點點糖，蓋上蓋子慢火燉。大概40分鐘到1小時，一鍋香噴噴的滷肉就好嘍！

有時候阿公也會加一點豆干或蛋一起滷，光是這一鍋我就可以吃兩碗白飯！

阿春姨手工辣椒醬

材料
- 越南辣椒（阿春姨說這是辣椒界裡極辣的品種）、沙拉油、大蒜
- 調味料：味噌、豆瓣醬、冰糖、白醋、太白粉和冷開水

阿春姨的作法

很仔細的清洗辣椒後、把蒂頭切除，把辣椒切的非常的碎（一定要戴口罩不然會辣暈），在鍋子倒入沙拉油後，把辣椒和大蒜一起炒，加入其他醬料，熬煮幾分鐘之後，再加入拌勻的太白粉水，攪拌後整鍋辣椒就會變得濃稠，接著就可以關火，冷卻之後就可以裝在罐子裡了。

【超商、柑仔店與我的童年】

王宇清

不知道讀者們對傳統雜貨店，也就是「柑仔店」的記憶是什麼？

我的童年，經歷了傳統雜貨店隨著便利商店出現、普及，漸漸被取代而沒落的過程。

我還能非常清晰的記得，由於住在南部鄉鎮，對於一開始只存在於北部都市的便利商店，只能從電視上見到。第一次看見整天開著冷氣，環境光潔寬敞，商品琳瑯滿目的連鎖超商，感到震撼、不可思議又嚮往——那是天使開的商店嗎？

隨著不時聽見廣告更新：目前已經開到第 100 家門市、第 500 家……總是焦躁的引頸期盼，超商能夠盡快進駐，而且最好就開在我家隔壁。

對一個小學生來說，光想像著，連身體內部都會跟著發出跟便利商店一樣明燦的白光，幾乎要從眼睛、嘴巴迸射出來。

當時，並沒有想到超商的崛起，可能會讓傳統雜貨店消失。不，應該說，年少無知的我，當時甚至期待著，超商能夠取代所有的傳統雜貨店。

後來，傳統雜貨店的確因為超商的快速崛起，難以競爭而越來越少了。比起真正的店鋪，「雜貨店」、「柑仔店」，如今更多時候成為帶有文青感、復古潮流的文創空間和意象。我想，許多孩子和年輕一輩，並未真的體驗過和柑仔店緊密相連的生活吧？但柑仔店或許因質樸又飽含濃厚人情味，在許多人的生命中，留下難以忘懷的情感；因此在社會與時光的演變遞嬗間，並未被遺忘，而被轉化成台灣人情味的象徵，保留了下來。

小時候，外婆是我和弟弟的主要照顧者。每天午睡起床，外婆會帶我們兄弟到離家不遠的柑仔店，挑一樣零食。不多也不少，就是一樣，通常是一包乖乖，或者一罐多多。雖然只有一樣，卻是一天中最期待的幸福時刻。外婆會拿著她的小錢包，靜靜的走在前面，結完帳，又走回來，成了童年記憶中寶貴的慈愛身影。

這家柑仔店，可能是我見過商品最少的一家，卻是在我生命中，最常光顧，也留下最深烙印的一家。除了平時的零食，家裏可能還會去那裏買米、買米酒、鹽巴、味素、醬油調味料。附近的每戶人家也是如此。當然，大叔們抽的香菸，肯定也是在那裡買。

《什麼都沒有雜貨店》裡的喜旺來，大抵依據童年這家柑仔店的記憶延伸想像而來。柑仔店存放冷藏冷凍商品的冰箱，就是柑仔店老闆家的冰箱。每次拿養樂多或者棒棒冰的時候，會看見店家家裡的食物也在裡面，總有些侵犯別人隱私，非禮勿視的小尷尬。但老闆自己也不介意呀？如今想來還是覺得有些好笑，這也是一種台灣人隨性、不拘小節的家常味吧？

我相信，現代超商和傳統雜貨店並不存在何者人情味較濃的絕對關係。便利商店也有許多溫暖的店員、發生過許多溫馨的關懷互助。然而現代的社會環境，尤其對孩子來說，比起以往，仍是更加疏離、冷漠的。每每感受到這一點，總會希望這個世界多一點「人情味」，不再有孩子被疏遠冷落，無助孤單。

我想，能為人世間帶來救贖與溫暖的關鍵，終究在於對他人主動付出關懷。

無論超商或柑仔店存不存在，只要有關懷的心，我們就能彼此依靠，得到力量。

這也是《什麼都沒有雜貨店》的核心。

這篇小小故事，也獻給在天堂上，辛勞照顧我，為我溫柔守護童年的外婆。

故事 ++

什麼都沒有雜貨店 1：暗夜奇遇

文　王宇清
圖　林廉恩

社　　長　陳蕙慧
總 編 輯　陳怡璇
副總編輯　胡儀芬
編輯協力　顏樞
美術設計　捲捲
行銷企劃　陳雅雯、余一霞

讀書共和國集團社長　郭重興
發行人　曾大福

出　　版　木馬文化事業股份有限公司
發　　行　遠足文化事業股份有限公司
地　　址　231 新北市新店區民權路 108-4 號 8 樓
電　　話　02-2218-1417
傳　　真　02-8667-1065
Email　service@bookrep.com.tw
郵撥帳號　19588272 木馬文化事業股份有限公司
客服專線　0800-2210-29

印　　刷　凱林彩色印刷股份有限公司
2023（民 112）年 3 月初版一刷
定　　價　350 元
ISBN　978-626-314-376-0

國家圖書館出版品預行編目 (CIP) 資料

什麼都沒有雜貨店 . 1, 暗夜奇遇 / 王宇清文；林廉恩圖 . -- 初版 . --
新北市：木馬文化事業股份有限公司出版：遠足文化事業股份有限公司發行，民 112.03
136 面；17x21 公分 . --（故事 ++；1)
國語注音
ISBN 978-626-314-376-0(平裝)

863.596　　112001292

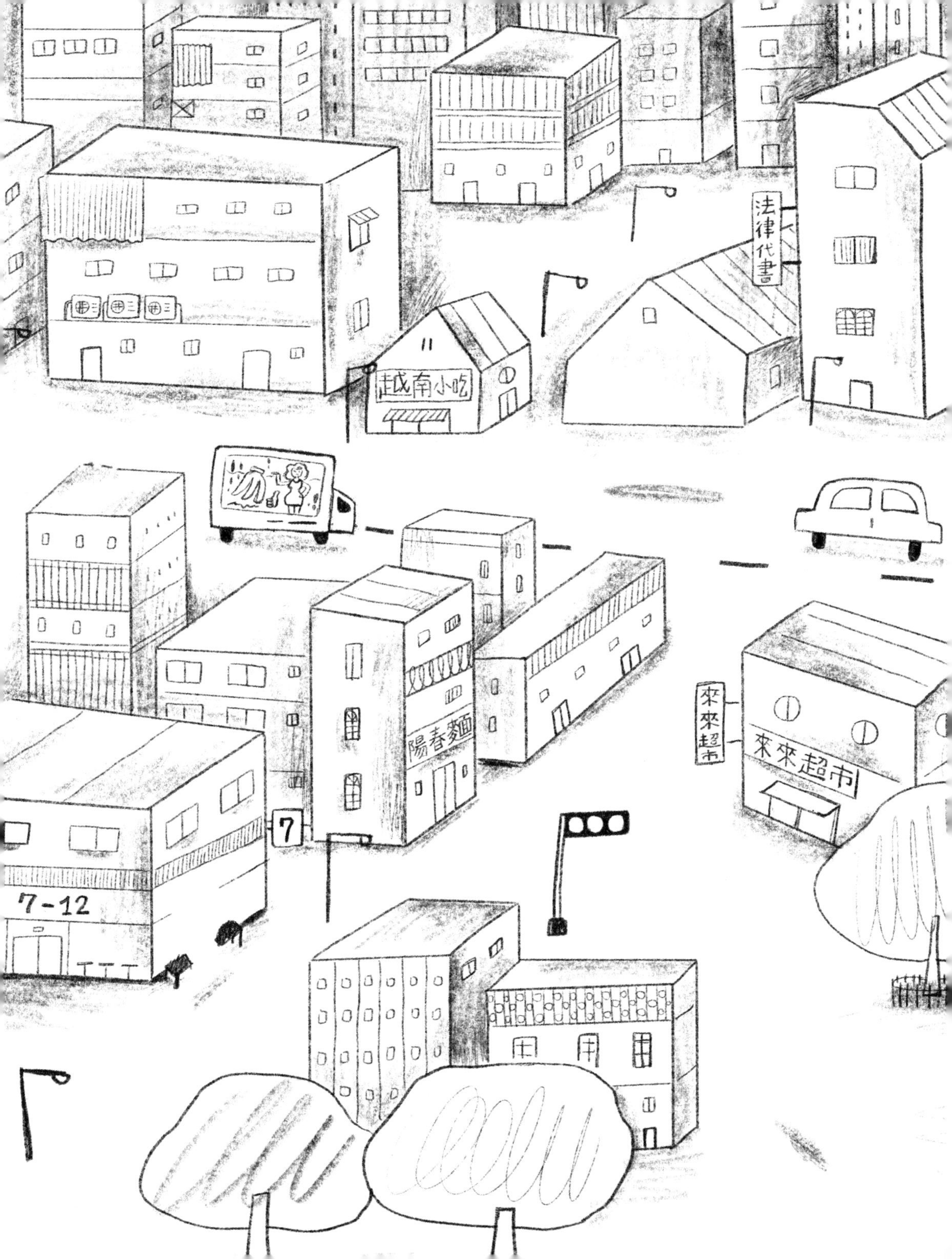

法律代書
越南小吃
陽春麵
來來超市
來來超市
7
7-12

來旺壽
美味便當
日式拉麵
大大文具
五金雜貨
生活五金
順